MATEO Y MATI

por REBECCA C. JONES

ilustrado por BETH PECK

A Puffin Unicorn

EDICIONES PUFFIN UNICORN

Publicado por Penguin Group
Penguin Books USA Inc., 375 Hudson Street,
New York, New York 10014, U.S.A.
Penguin Books Ltd, 27 Wrights Lane, London W8 5TZ, England
Penguin Books Australia Ltd, Ringwood, Victoria, Australia
Penguin Books Canada Ltd, 10 Alcorn Avenue, Toronto,
Ontario, Canada M4V 3B2
Penguin Books (N.Z.) Ltd, 182-190 Wairau Road,
Auckland 10, New Zealand
Penguin Books Ltd, Registered Offices: Harmondsworth,
Middlesex, England

Library of Congress number 90-3730
ISBN 0-14-055641-9
Publicado en los Estados Unidos por Dutton Children's Books,
una división de Penguin Books USA Inc.
375 Hudson Street, New York, New York 10014
Diseñado por Barbara Powderly
Impreso en Hong Kong por South China Printing Company
Primera edición Puffin Unicorn 1995
10 9 8 7 6 5 4 3 2 1

Edición en inglés disponible: MATTHEW AND TILLY

MATEO y MATI eran buenos amigos.

Juntos andaban en bicicleta,

y juntos jugaban al escondite.

Vendían limonada juntos. Cuando no había mucho negocio,

jugaban a la rayuela.

Y a veces iban juntos a comer helado.

Y juntos, hasta llegaron a rescatar de un árbol el
gatito de una señora.

La señora les regaló unas monedas para las
máquinas de dulces.

Y luego mascaron chicle y recordaron lo valiente
que habían sido.

Pero a veces Mateo y Mati se cansaban el uno del otro.

Un día mientras coloreaban, a Mateo se le rompió el creyón violeta de Mati. Fue sin querer, pero de todos modos lo rompió.

—Rompiste mi creyón —dijo Mati en tono malhumorado.

—El creyón ya estaba viejo —refunfuñó Mateo—. Estaba a punto de romperse.

—No lo estaba —dijo Mati—. Estaba nuevo, y tú lo rompiste. Siempre rompes todo.

—No seas tan molestosa —dijo Mateo—. Eres molestosa y apestosa y mala.

—Pues, y tú eres un estúpido —dijo Mati—. Eres estúpido y apestoso y malo.

Mateo subió las escaleras enfadado. Solo.

Mati encontró un pedazo de tiza y comenzó a dibujar cuadros y números en la acera. Sola.

Mientras tanto, Mateo sacó su caja y algunas latas para jugar "tienda". Colocó las latas unas encimas de otras, y les puso precio a todas. Fue la mejor tienda que jamás había hecho. Probablemente como la molestosa, apestosa y mala de Mati no estaba para dañarlo.

Pero no había ni un cliente que visitara su tienda. Y jugar "tienda" sin un cliente no era muy divertido.

Mati terminó de dibujar los cuadros y los
números. Los dibujó con trazos grandes y fuertes.
Fue el mejor juego que jamás había dibujado.
Probablemente como el estúpido y apestoso
y malo de Mateo no estaba para dañarlo.

Pero no tenía con quien jugar. Y jugar a la
rayuela sin un compañero no era nada divertido.

Mateo asomó la cabeza por la ventana y se preguntó: «¿Qué hará Mati?»

Mati alzó la vista y mirando la ventana de Mateo se preguntó: «¿Qué hará Mateo?»

Mati sonrió, pero sólo un poquito. Para Mateo fue suficiente.

—Lo siento —dijo él.

—Yo también —dijo Mati.

Y Mateo bajó las escaleras corriendo para jugar con Mati.

Juntos, otra vez.